标准中文 修订版
STANDARD CHINESE (Revised Edition)

练习册
第二册
WORKBOOK 2
B

xué xiào
学 校 _____
xìng míng
姓 名 _____

图书在版编目（CIP）数据

标准中文（修订版）练习册. 第2册. B/课程教材研究
所编. —北京：人民教育出版社，2007
ISBN 978 - 7 - 107 - 20394 - 7

Ⅰ. 标… Ⅱ. 课… Ⅲ. 汉语—对外汉语教学—习题
Ⅳ. H195.4 - 44

中国版本图书馆 CIP 数据核字（2007）第 113246 号

人民教育出版社出版发行
网址：http://www.pep.com.cn
Fax No·861058758877
Tel No·861058758866
人民教育出版社印刷厂印装
2007年4月第1版　2015年8月第4次印刷
开本：890毫米×1 240毫米　1/16　印张：2.5
定价：20.00元
著作权所有·请勿擅用本书制作各类出版物·违者必究
如发现印、装质量问题，影响阅读，请与本社出版科联系调换。
（联系地址：北京市海淀区中关村南大街17号院1号楼　邮编：100081）
Printed in the People's Republic of China

前　言

　　《标准中文》练习册与《标准中文》课本配套使用，是《标准中文》系列教材的重要组成部分，目的是在课本练习的基础上，给学生提供更多的课外练习，帮助学生复习巩固拼音、生字、词语、基本句以及与课文有关的内容。考虑到课本练习和练习册在性质和功能上的不同，大多数听力、说话练习和互动游戏等，都放在了课本练习中，练习册主要是对基础知识的复习和巩固。

　　《标准中文》练习册分为A、B本，单数课的练习放在练习册A中，双数课的练习放在练习册B中，便于学生和教师使用。

　　每课的练习分为A、B、C三面。A面主要是拼音、生字、词语的朗读和书写练习；B面主要是部分生字、词语书写练习的重现和有关基本句的相关练习；C面是扩展练习，包括围绕基本句的互动问答和儿歌、诗歌朗读等内容。A、B、C三面各有侧重，又互相照应，形成一个完整的训练体系。

　　本次练习册的修订是在听取了广大海外中文教师的意见后进行的，在内容上适当增加了儿歌、绕口令、古诗等阅读材料，力求更加适合海外中文教学和学习的需要。由于编者经验有限，教材中难免有疏漏不当之处，欢迎广大师生批评指正。

　　参加本书修订的有狄国伟、常志丹、施歌、王世友、田睿、赵晓非，责任编辑狄国伟，审稿赵晓非、吕达，插图制作心合工作室。

课程教材研究所
对外汉语课程教材研究开发中心
2007年4月

目　　录

2　你们去了哪些地方 …………………… 1
4　这个家庭叫中华 …………………… 4

6　学中文 …………………… 7
8　汤姆的新班级 …………………… 10

10　送客人 …………………… 13
12　好孩子 …………………… 16

14　美丽的彩虹 …………………… 19
16　浪花 …………………… 22

18　去郊游 …………………… 25
20　写贺卡 …………………… 28

22　在野生动物园 …………………… 31
24　比尾巴 …………………… 34

2 你们去了哪些地方

一、看一看，写一写。

些			方			长		
站			开			心		
千			从					

二、爸爸妈妈读，我来找。

哪些　地方　开心　知道

千米　远处　巨龙

三、选一选，填一填。

1. _____（哪些、哪个）书是你的？

2. 从我们家到学校有3_____（米、千米）。

3. 看到爸爸买来的玩具，她_____（开心、可爱）地笑了。

一、写一写，注意笔画。

方　长　开　心　千　从

☐　☐　☐　☐　☐　☐

二、照样子，组词组句子。

些　哪些　你们去了哪些地方？

心

道

远

三、读一读，比一比。

吃饭　　　　　　　吃了饭

喝果汁　　　　　　喝了果汁

买一个西瓜　　　　买了一个西瓜

收很多玉米　　　　收了很多玉米

一、读课文，判断对错。

1. 在中国，大卫去了北京、上海，没去西安。（　）
2. 大卫站在长城上，非常高兴。　　　　　　（　）
3. 长城有6 000多米长。　　　　　　　　　（　）

二、读一读。

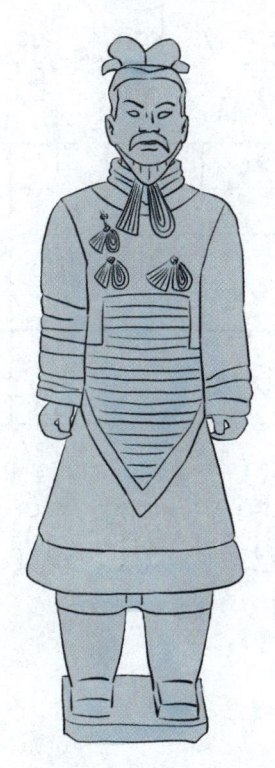

　　暑假里，我和爸爸妈妈去了中国。我们去了北京、上海、西安。
　　北京是中国的首都。中国最大的城市是上海。西安是中国有名的文化城市。这是我第一次去中国。中国真美！

4 这个家庭叫中华

一、找一找,组字。

二、看一看,写一写。

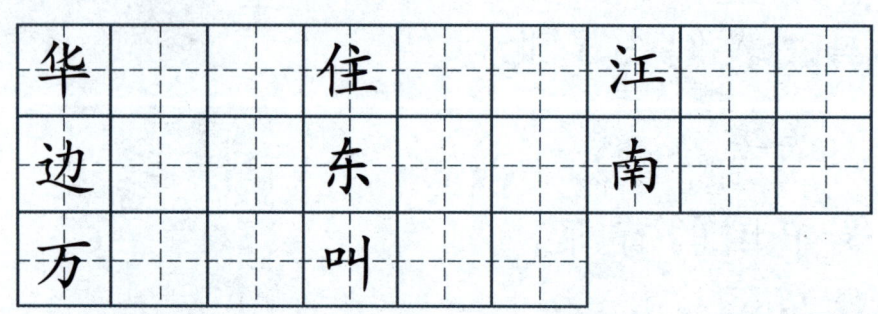

三、想一想,填一填。

一、读一读，给每句话的最后一个字注音。

你家住在长江边，　　　（　　　）

我家住在长城下，　　　（　　　）

她家住在阿里山，　　　（　　　）

东西南北千万家。　　　（　　　）

你家我家她的家，　　　（　　　）

合成一个幸福家。　　　（　　　）

这个家庭叫中华，　　　（　　　）

我们是家里的好娃娃。　（　　　）

二、读一读。

长江　　长城　　阿里山　　中华

你家　　我家　　她家　　千万家

三、哪个对？哪个错？

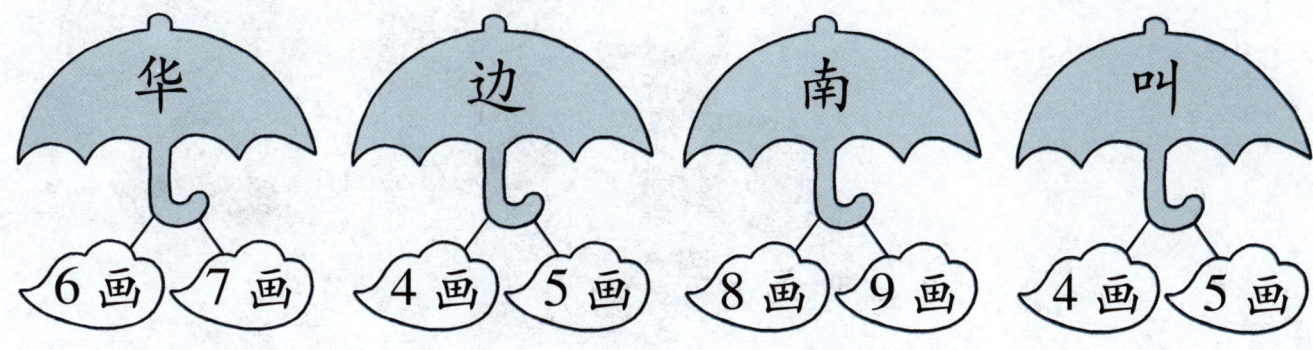

一、读一读，再试着说一个。

千万——千万人 千万家 千万个

家庭——我的家庭 这个家庭 很大的家庭

二、读一读，越快越好。

采蘑菇

黑兔和白兔，

上山采蘑菇，

小猴和小鹿，

一齐来帮助，

猴和兔，兔和鹿，

高高兴兴采蘑菇。

6 学 中 文
xué zhōng wén

一、数一数，填一填。
shǔ yi shǔ，tián yi tián

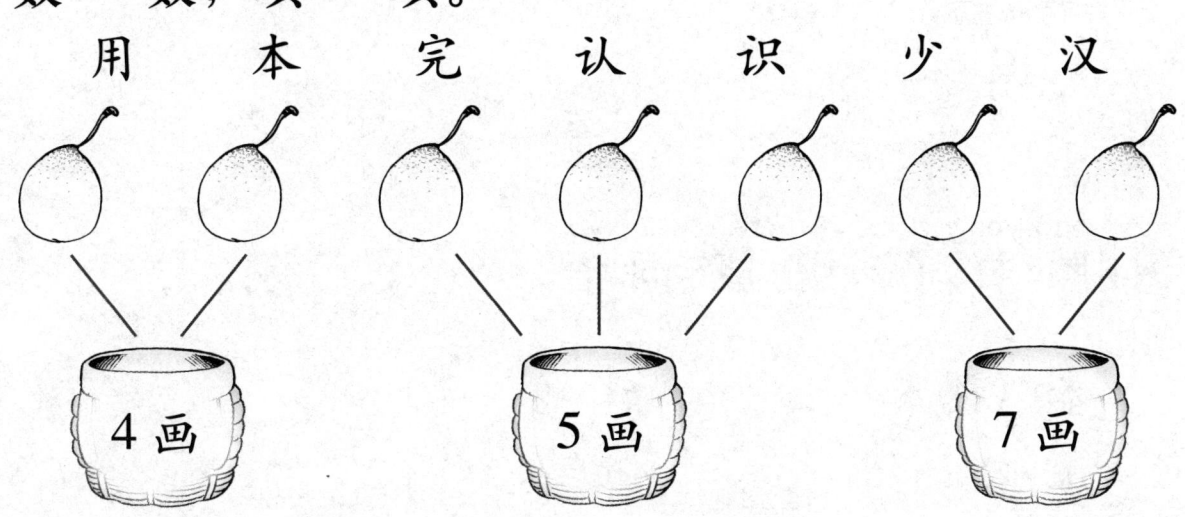

二、看一看，写一写。
kàn yí kàn，xiě yi xiě

用	本	完	认

识	少	汉	字

三、写一写，读一读。
xiě yi xiě，dú yi dú

1	2	3	4	5	6	7	8	9	10
一	二								

一、写出带有"讠"的字。

课

二、照样子，组成词语。

本（课本）　　　认（　）

少（　）　　　　字（　）

已（　）　　　　原（　）

三、按大小排一排。

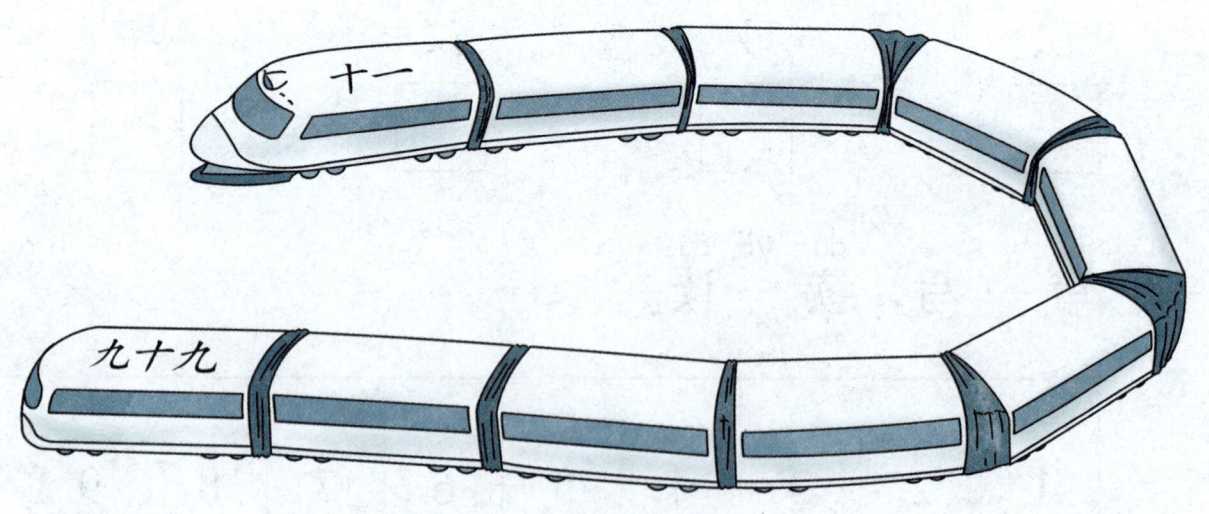

　　十八　　二十六　　三十九　　四十一

　　五十二　　六十七　　七十三　　八十八

一、看拼音，写词语。

yuán lái

yǐ jīng

kè běn

duō shǎo

hàn zì

yǒu yì si

二、照样子，写句子。

1. 学中文很有意思。

2. 去公园玩非常有意思。

3. _____有意思。

三、读一读。

一去二三里，

yān cūn
烟村四五家。

tíng tái　　zuò
亭台六七座，

　　　zhī
八九十枝花。

8 汤姆的新班级

一、连一连，读一读。

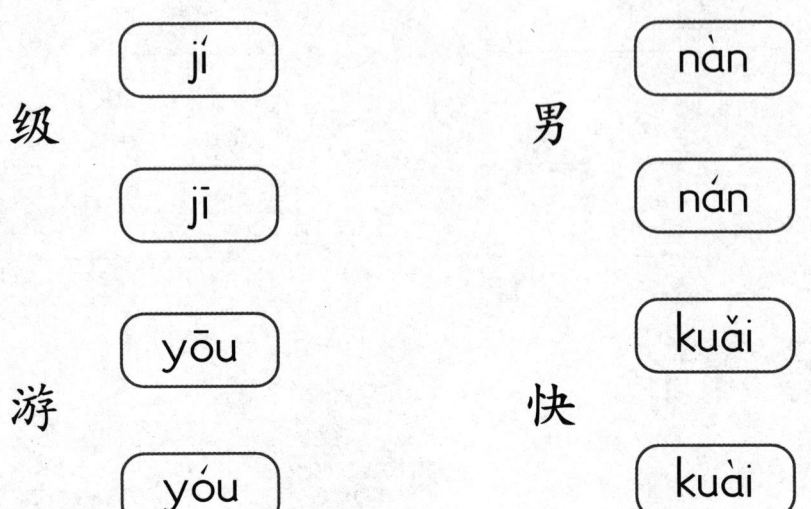

二、看一看，写一写。

班			级			男		
许			经			游		
戏			快					

三、填一填，读一读。

我们（ bān ）有二十一个学生，（ nán shēng ）多，（ nǚ shēng ）少。大家都是好朋友。

一、看一看，写一写。

级			经		
游			戏		

二、读一读。

　很多　　非常多　　太多

　很少　　非常少　　太少

　很大　　非常大　　太大

　很小　　非常小　　太小

三、选词填空。

　　　　非常　　经常

1. 你（　　　）吃中国菜吗？

2. 我（　　　）喜欢和小云聊天儿。

　　　　学期　　星期

3. 一个（　　　）有七天。

4. 这个（　　　）我们班有三十四个学生。

一、kàn pīn yīn xiě cí yǔ
看拼音，写词语。

bān jí　　　　　xué qī　　　　　xǔ duō

jīng cháng　　　yóu xì　　　　　kuài lè

二、dú pīn yīn bèi gǔ shī
读拼音，背古诗。

dēng guàn què lóu
登鹳雀楼

bái rì yī shān jìn, huáng hé rù hǎi liú
白日依山尽，黄河入海流。

yù qióng qiān lǐ mù, gèng shàng yī céng lóu
欲穷千里目，更上一层楼。

10 sòng kè rén
送 客 人

一、zhǎo yi zhǎo, lián yi lián
找一找，连一连。

二、miáo yi miáo, xiě yi xiě
描一描，写一写。

客				真				已			
分				晚				饭			
给				做							

三、zhì zuò shí zhōng
制作时钟。

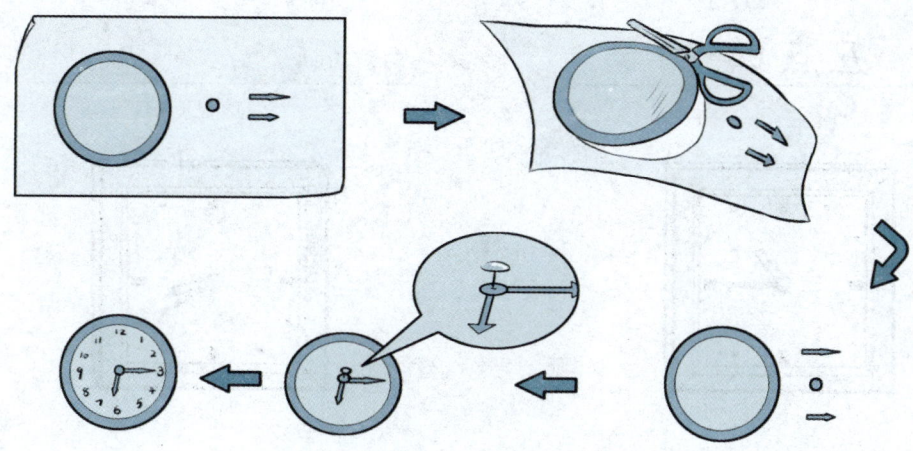

一、看拼音，写词语。

打 diàn huà　　送 kè rén　　做 wǎn fàn

二、选词填空，再读句子。

　　　　给　　真　　该

1. 你的布娃娃（　　）漂亮。

2. 已经是春天了，小草（　　）绿了。

3. 这是爸爸（　　）我的礼物，我很喜欢。

三、看图，写一写。

五点四十

_____

_____

_____

^{kàn tú　huí dá wèn tí}
一、看图，回答问题。

1. 小云几点上课？

2. 学校几点放学？

3. 他们几点吃晚饭？

^{dú yi dú}
二、读一读。

　　客人问汤姆："三加一是多少？"汤姆说："不知道。"客人说："我送给你三只小狗，你爸爸又送给你一只，你该有几只小狗呢？""五只。"汤姆说。客人问："为什么？"汤姆说："因为我已经有一只小狗了。"

12 好孩子

一、数笔画,填空。

伞,共有( )画,第三画是( )。

雨,共有( )画,第四画是( )。

带,共有( )画,第六画是( )。

笑,共有( )画,第七画是( )。

二、描一描,写一写。

雨			外			想		
带			伞			门		
说			笑					

三、选词填空,再读一读。

怎么　什么

1. 你爱吃(　　)菜?

2. 那个汉字(　　)写?

3. 你们(　　)过万圣节?

4. 他叫(　　)名字?

一、看拼音，写词语。

xià yǔ　　　　　　zháo jí　　　　　　jí máng

qí guài　　　　　　gāo xìng　　　　　　zěn me

二、写一写，读一读。

三、连一连，读一读。

门　伞　糖　电话

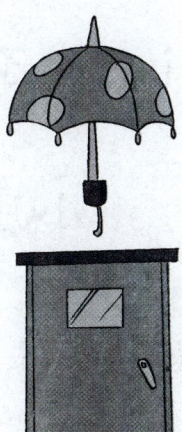

17

一、读句子,再用加点的词造句。

1. 他奇怪地问:"你去哪儿?"

_____

2. 小云急忙打开门,是爸爸回来了。

_____

二、读一读。

好孩子

小月给妈妈盛米饭,妈妈高兴地说:"你真是个好孩子!"

小月给爸爸拿报纸,爸爸开心地说:"你真是个好孩子!"

小月给奶奶梳头发,奶奶笑着说:"你真是个好孩子!"

měi lì de cǎi hóng
14 美丽的彩虹

tú yì tú　dú yì dú
一、涂一涂，读一读。

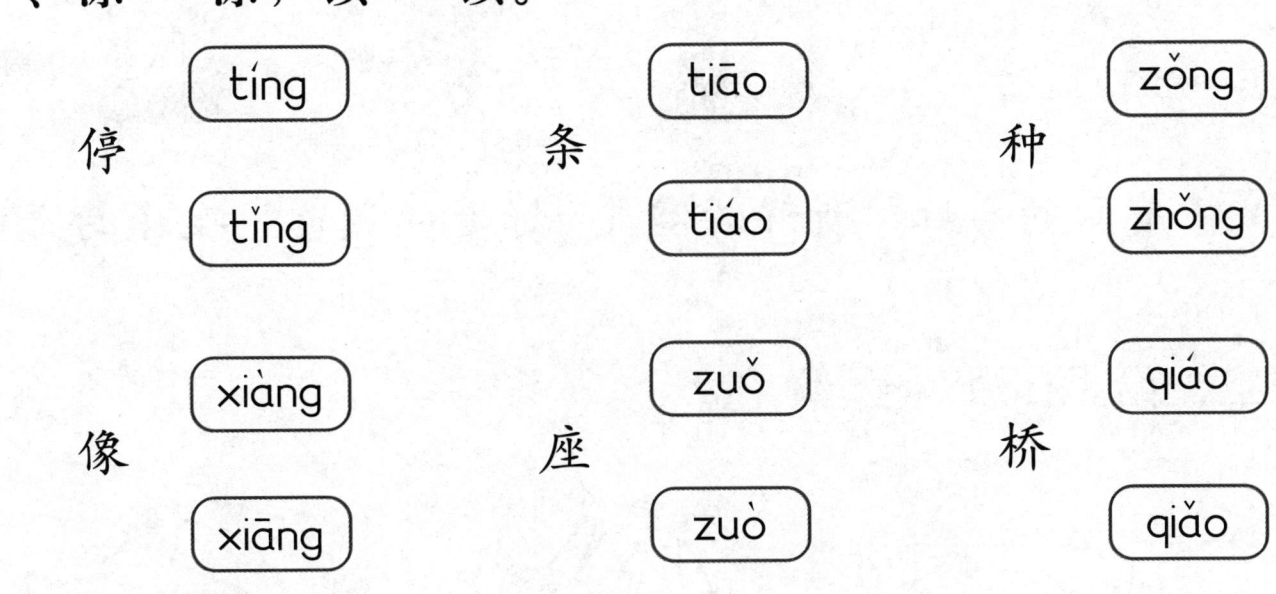

shǔ bǐ huà　tián yì tián
二、数笔画，填一填。

停，共（ 11 ）画，第9画是（ 一 ）。

条，共（　）画，第2画是（　）。

色，共（　）画，第3画是（　）。

像，共（　）画，第9画是（　）。

kàn yí kàn　xiě yì xiě
三、看一看，写一写。

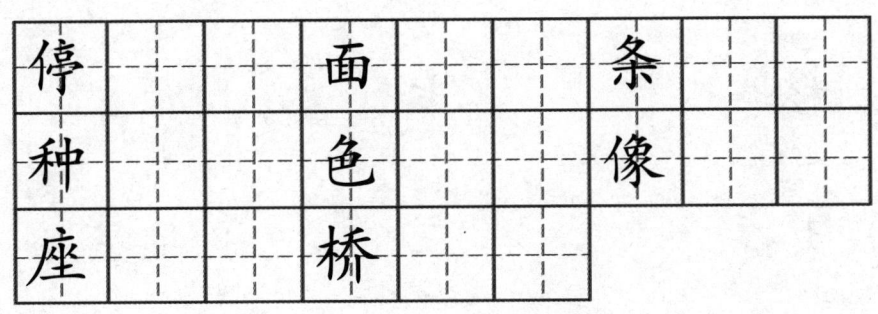

^{kàn tú　dú yì dú}
一、看图，读一读。

美丽的彩虹　新鲜的空气　好看的颜色　夜晚的天空

^{gěi tú　tú shàng yán sè}
二、给图涂上颜色。

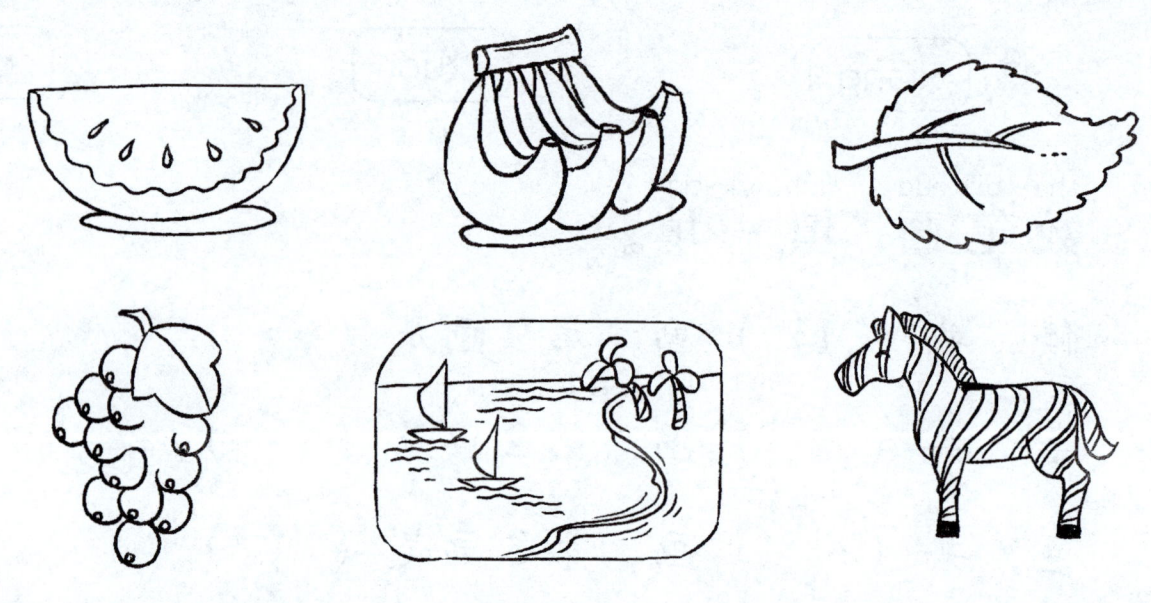

^{xuǎn cí tián kòng}
三、选词填空。

条　　种　　座　　颗

一（　）彩虹　　　　七（　）颜色

一（　）大桥　　　　三（　）星星

一、拼一拼,写一写,读一读。

1. 爸爸的车（ tíng ）在院子（ wài miàn ）。

2. 美丽的彩虹（ xiàng ）一（ zuò ）（ qiáo ）。

3. 夜晚的空气真（ xīn xiān ）。

4. 彩虹有七（ zhǒng ）颜色。

二、读一读。

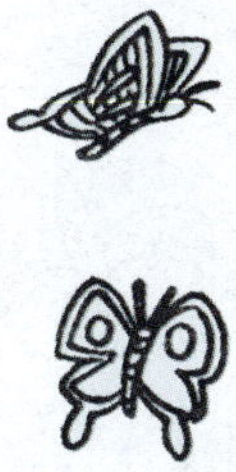

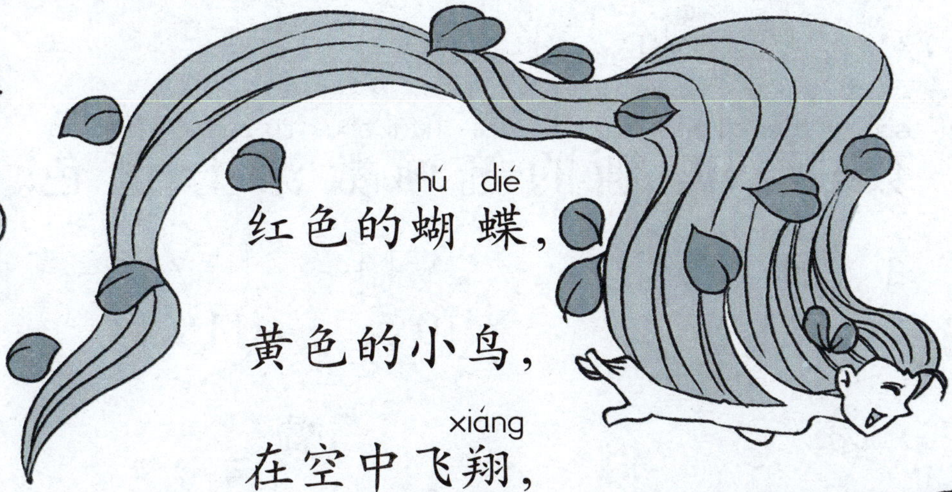

红色的蝴蝶(hú dié)，

黄色的小鸟，

在空中飞翔(xiáng)，

在空中舞蹈(wǔ dǎo)。

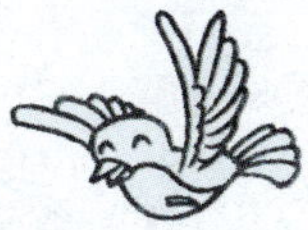

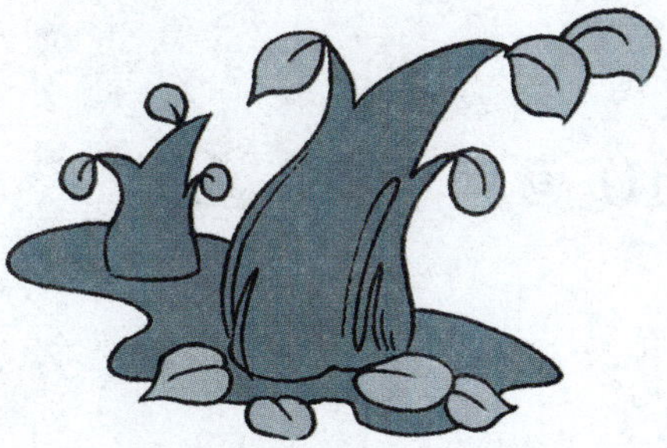

那不是蝴蝶，

那也不是小鸟，

是秋姑娘(gū niang)发来的电报(bào)——

告诉(gào sù)我们秋天已经来到。

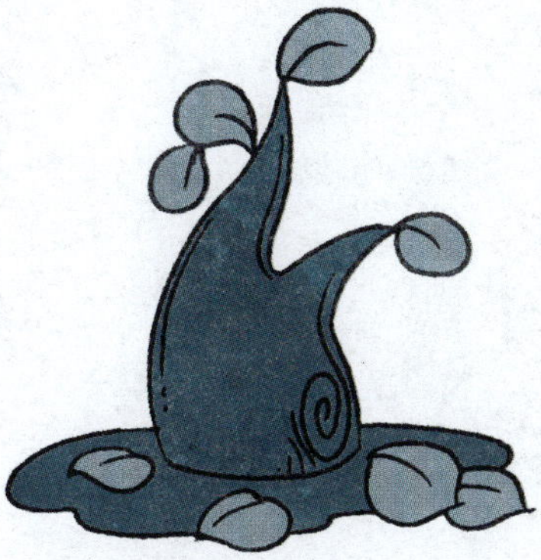

16 浪花 (làng huā)

一、找一找，数一数。(zhǎo yi zhǎo, shǔ yi shǔ)

叉	走	沙	浪	浪	叉	沙	叉
走	叉	走	沙	浪	沙	浪	沙
沙	沙	叉	走	沙	叉	沙	走
浪	叉	走	叉	走	沙	走	叉

这个表中有_____个"叉"，_____个"走"，_____个"沙"，_____个"浪"。

二、数一数，给正确的笔画数涂上颜色。(shǔ yi shǔ, gěi zhèng què de bǐ huà shù tú shàng yán sè)

浪　　　　　　　　　　　唱

跑　　　　　　　　　　　轻

三、看一看，写一写。(kàn yi kàn, xiě yi xiě)

轻				唱			
跑				娃			

一、给下面的词加上拼音。

( ) ( ) ( )
　唱　　　跑　　　走

( ) ( ) ( )
　沙滩　　过来　　淘气

二、给偏旁相同的字涂上相同的颜色。

三、看图，读一读。

1. 小云和大卫走过来了。

2. 浪花唱着笑着跑过来了。

3. 一群群小鸟飞过来了。

　　　　　　tiào
4. 小羊从那边跳过来了。

一、看一看，写一写，读一读。

1. 沙滩上有五彩的贝壳，还有青青的小（xiā）。

2. 他在教室里走（guò lái）（yòu）走过去。

3. 浪花（qīng qīng）地抚摸着我的脚丫。

二、读一读。

摇篮（yáo）

天蓝蓝，海蓝蓝，

小小船儿当摇篮。

海是家，浪做伴（bàn），

白帆带我到处玩。

18 去郊游 (qù jiāo yóu)

一、看一看，写一写。(kàn yi kàn, xiě yi xiě)

校			森			吗		
自			林			公		
喝			己					

二、读一读，选一选。(dú yi dú, xuǎn yi xuǎn)

郊 — jiāo / xiào

织 — zhī / shí

己 — jǐ / yǐ

吗 — ma / mǎ

三、读一读，注意声调。(dú yi dú, zhù yì shēng diào)

| 郊游 森林 | 周末 需要 | 老师 组织 |

| 晚会 准备 | 一起 自己 | 东西 风筝 |

一、zhǎo yi zhǎo　huà yí huà
找一找，画一画。

 校　　 国　　 喝　　 分

 吗　　公　　林　　园

二、lián yi lián　dú yi dú
连一连，读一读。

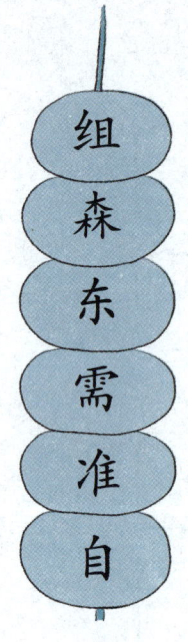
组
森
东
需
准
自

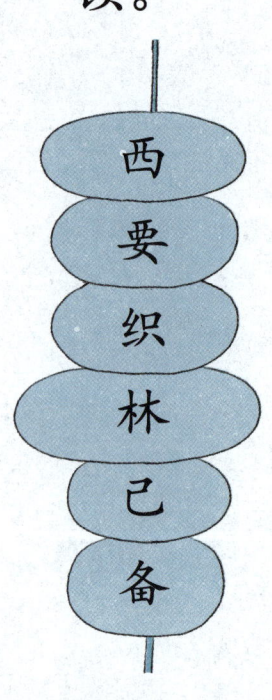
西
要
织
林
己
备

dōngxi
xūyào
zǔzhī
sēnlín
zìjǐ
zhǔnbèi

三、xiǎng yi xiǎng　tián yi tián
想一想，填一填。

玩的	吃的	（　　）
布娃娃	米饭	冰水
玩具熊	三明治	果汁
（　　）	（　　）	牛奶

一、选一选，填一填。

　　　　准备　东西　周末　郊游　自己

1. 明天我要去（　　），妈妈（　　）了很多吃的。

2. 我们（　　）不用去学校上课。

3. 小朋友，你要买什么（　　）吗？

4. 爸爸妈妈不在家，我（　　）在家写作业。

二、读一读。

装背包

小小背包，
自己装好。
吃的用的，
样样需要。

20 写贺卡
xiě hè kǎ

一、kàn yi kàn　xiě yi xiě
看一看，写一写。

都			教			朋		
知			苦			身		
您			年					

二、rèn yi rèn　dú yi dú
认一认，读一读。

三、kàn yi kàn　shuō yi shuō
看一看，说一说。

祝您节日快乐！

祝您身体健康！

祝你生日快乐！

祝您家庭幸福！

一、照样子，写汉字。

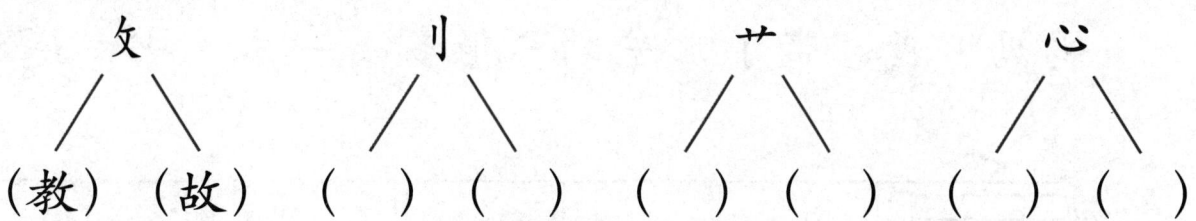

（教）（故）（　）（　）（　）（　）（　）（　）

二、读一读，记一记。

| 旅游 | 认识 | 生日 |
| 郊游 | 知识 | 节日 |

| 准备 | 以前 | 晚饭 |
| 准时 | 以后 | 晚会 |

三、朗读下面的对话。

大卫：小云，你在做什么呢？

小云：我在写贺卡。新年到了，我想送给妈妈一张贺卡。

大卫：是啊，爸爸妈妈工作辛苦，我也想送给他们一张贺卡。

小云：那我们一起写吧。

一、用下面的词语组成两个句子，加上标点。

妈妈　我　带了　吃的　很多　一本　书　送给

二、读儿歌。

新年好

新年好呀，

新年好呀，

祝贺大家新年好，

我们唱歌，

我们跳舞，

祝贺大家新年好。

22 在野生动物园
zài yě shēng dòng wù yuán

一、读一读。
dú yi dú

二、看一看，写一写。
kàn yí kàn xiě yì xiě

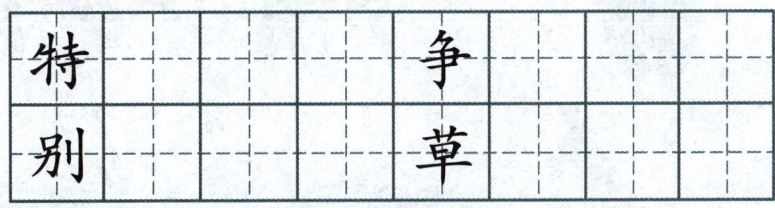

三、爸爸妈妈读，我来找。
bà ba mā ma dú wǒ lái zhǎo

一、找一找,连一连。

二、看图,标序号。

1. 羚羊　　2. 长颈鹿　　3. 大象　　4. 斑马

5. 猫　　　6. 狗　　　　7. 牛　　　8. 熊

三、读句子,说句子。

小花猫比大花狗可爱。

小熊比小兔玩得高兴。

长颈鹿比_____。

大卫比_____。

^{xiǎng yi xiǎng dú yi dú}
一、想一想，读一读。

牛：

艹：

刂：

广：

^{dú yi dú zhǎo yi zhǎo}
二、读一读，找一找。

　　森林里的动物们来参加小熊的生日晚会。有长颈鹿、大象、熊、野牛、羚羊、山羊、小兔、小猫、小狗，还有_____。

24 比尾巴

一、读一读，涂一涂。

| wěi | gǒu | mǎ | bā | duǎn | bǎ |

| hóu | tù | jī | yā | xiàng | biǎo |

尾　兔　把　表　鸡　猴

马　象　狗　鸭　短　巴

二、看一看，写一写。

| 巴 | | 尾 | | 兔 | |
| 把 | | 短 | | 鸡 | |

三、看图，填空。

_____的尾巴_____。

_____的尾巴_____。

_____的尾巴_____。

一、^{dú yì dú} 读一读，^{bǐ yì bǐ} 比一比。

长  短　　弯 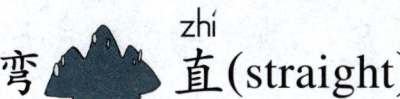 直(straight)　　大  小

新  旧(old)　　高  低(low)　　多  少

二、^{dú yì dú} 读一读，^{xiǎng yì xiǎng} 想一想。

猴 　　　　鸡

狗 　　　　鸭

猫 　　　　鹅

三、^{pái yì pái} 排一排，^{dú yì dú} 读一读。

1.

   小花狗　非常　的　我家　淘气

2.

   表演　最　我　看　动物　爱

3.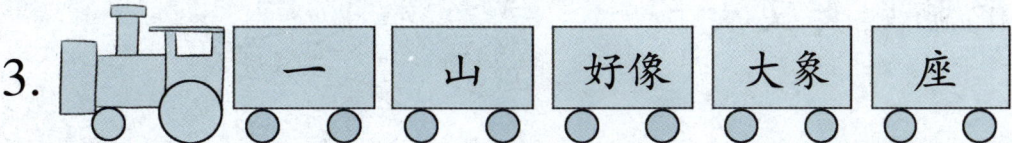

   一　山　好像　大象　座

35

一、读一读，记一记。
dú yi dú　jì yí jì

一条 巨龙　　六座 桥

两朵 白云　　七本 书

三个 同学　　八口 人

四件 礼物　　九把 伞

五颗 星星　　十只 猫

二、学儿歌。
xué ér gē

大字歌

大狗熊，力气大；
　　　lì

大河马，嘴巴大；
　hé　　zuǐ

大灰象，耳朵大；
　huī　　ěr

大鲸鱼，个儿大；
　jīng

狮子摇摇头发说：
shī

"我的脑袋大又大。"
　　nǎo dai

（作者　陈苗海）